Über den Autor

Roy Madecke entstammt einer Laune und wurde im Frühjahr 2020 in einem Problemviertel des Internets geboren. Seine Schulzeit verbrachte er bei einem bekannten Kurznachrichtendienst, ein Hinweis darauf, weshalb seine Texte bis heute nur selten 280 Zeichen überschreiten.

Roy Madecke

Albern geht die Welt zugrunde

Bibliografische Information der Deutschen
Nationalbibliothek:
Die Deutsche Nationalbibliothek verzeichnet diese
Publikation in der Deutschen Nationalbibliografie;
detaillierte bibliografische Daten sind im Internet über
http://dnb.dnb.de abrufbar.

Herstellung und Verlag: BoD – Books on Demand,
Norderstedt

ISBN: 978-3-7578-0181-6

THEMEN

VORWORT

Auch das noch.

«Warum redet der Mann so viel beim Ausziehen?»

«Das ist ein Quasselstripper.»

———

Ich frage mich, ob in der Polizeikantine Selbstbedienung ist oder observiert wird.

———

«Ich suche ein Werkzeug für das Eindrehen dieser Schraube.»

«Hammer nicht.»

———

Schweizer Architekten suchen in Graubünden nach Baugründen.

Es waren zwei Edelsteine, aber ich Saphir.

———

Lustlose Postboten werden meist mit jedem eingeworfenen Briefträger.

———

Ach, Thermomix ist gar nicht der Heizungsmonteur aus Asterix?!

———

Ich möchte den Karriereleiter sprechen!

———

Tragen Chirurgen eigentlich Unterhosen mit Eingriff?

Blöd, wenn sich Pizzaboten beim Liefern
des Gerichtsverfahren.

——

Salto gemacht, obwohl das gar nicht
meine Artist.

——

Der Chemiker litt unter Flatulenzen,
woraufhin sämtliche Kollegen aus dem
Laboranten.

——

«Was muss man eigentlich
studieren, wenn man
Yogalehrer werden will?»

«Matte.»

Der Astronaut sehnt sich nach einer Frau, vielleicht findet er im alleine.

——

«Und diese Raubkatze kennt sich wirklich mit Computern aus?»

«Ja, das ist ein Informatiger.»

——

Viele Goldschmiede meistern ihre Ausbildung mit Gravur.

——

Stell dir vor, du bestellst einen Kuchen ins Hotel und der Mann an der Rezeptionistin.

——

Der Kapitän kannte den Felsen nicht, jetzt kentern.

«Denkst du, ich schaffe es bis ganz nach oben?»

«Ja, aber nicht in diesem Aufzug.»

—

Blöd, wenn der Chefarzt einen Bericht veröffentlicht, obwohl der Internist.

—

Der Gangster flog auf, weil sein Schwager ein Boulevard.

—

Buchen Astronauten eigentlich immer All Inclusive?

—

Hab mich verhört. Wie so'n schizophrener Ermittler.

Blöd, wenn der Konditorlehrling seine Abschlussarbeit vor der Abgabefrist.

—

«Ich bin Schiffskoch und habe gesündigt.»

«Kombüse, mein Sohn!»

—

Die ganze Baustelle ist voller Vogelkot, nur der Kranich.

—

Wenn der Dealer nicht gleich kommt, Cannabis morgen warten.

«Woran liegt es, dass bei euch in der Schmiede rein gar nichts funktioniert?»

«Amboss.»

———

Der Folterknecht isst weiter, obwohl er schon lange Sadist.

———

Job als Bühnenbildner.
Wie Kulissen das bitte?

———

«Das Verfahren wurde eingestellt.»

«Guter Anwalt?»

«Nein, neues Navi.»

Probleme beim Anschleichen:
Killerin stinkt.

———

Vorher:
Finger weg von der Kreissäge!

Nachher:
Finger weg von der Kreissäge.

———

«Wieso murmelt diese Gestalt ständig
etwas von Buchhaltung?»

«Das ist ein Rechnungswesen.»

———

Triff mich auf dem Güterbahnhof, wie ich
redegewandt die eloquent.

«Du hast aber schon mal einen Schornstein gemauert, oder?»

«Nein, das ist ein Versuchskaminchen.»

———

Blöd, wenn du Schafzüchter bist und keinen Bock hast.

———

«Wieso ist der Polizist so schmutzig?»

«Ist ein verdreckter Ermittler.»

———

«Hab mir bei Stuckateurarbeiten die Nase gebrochen.»

«Gips doch nicht!»

«Einspruch, Euer Ehren.»

«Also gut. Aber wirklich nur einen!»

———

«Was vertreibt eure Firma
eigentlich?»

«Hauptsächlich Kunden.»

———

Lancelot hasste Laufen,
deshalb Ritter.

ESSEN & TRINKEN

Treffen sich zwei Joghurtkulturen in einem alten Mann: «Ich glaube, wir drehen uns im Greis.»

———

«Magerquark?»

«Frag ihn doch selber!»

———

«Du musst den Teig gehen lassen.»

«Ich hasse Abschiede.»

———

«Kennst du ein gutes Trinkspiel?»

«Ja, Schere, Stein, paar Bier.»

«Ich habe Sekt mitgebracht, Papa.»

«Söhnlein, brillant!»

———

«Es regt sich Widerstand gegen diese Eierspeise.»

«Ja, das ist ein Ohmlett.»

———

Nach etlichen Berlinern zum Frühstück zwickt das Hemd und der Hosenbund Spandau.

———

«Ganz schön harntreibend, diese Nüsse.»

«Das sind Pisstazien.»

«Der Aufschnitt schmeckt nach Torf.»

«Das ist Moortadella.»

———

Die Zubereitung eines Omeletts erfordert Mut und ich habe keine Eier.

———

«Mögen deine Eltern exotische Früchte?»

«Papaya.»

———

Sie sagt, da war kein Kuchen, aber ich Sahnetorte.

Beim Verspeisen kleiner Fische stellt sich
mitunter die Grätchenfrage.

———

Blöd, wenn Marsmenschen zu Besuch
kommen und man nur Snickers da hat.

———

«Die getrockneten Trauben
schmecken nach Treibstoff.»

«Das sind Kerosinen.»

———

Blöd, wenn die Kannibalenmutter den
Babysitter nicht mehr findet, weil ihn die
Kindergarten.

———

Red Fleck, wenn beim ersten Date
das Rotweinglas umfällt.

«Das Grillgut schmeckt nach altem Eisen.»

«Das ist eine Rostbratwurst.»

———

«Was möchtet ihr trinken?»

«Ich heiße Schokolade.»

«Und was möchtest Du trinken, Schokolade?»

———

«Oh, wie süß. Ist der Kleine denn schon trocken?»

«Ja, er trinkt nur noch ab und zu ein alkoholfreies Bier.»

———

Mit der doppelten Menge Obstler im Müsli geht's eigentlich.

Backen konkurrierende Konditoren in Wien eigentlich Widersachertorten?

———

Habe meinem Kumpel Spezi statt Cola gebracht. Fanta nicht so gut.

———

Ich wünsche dem Käse auf meiner Tiefkühlpizza einen milden Verlauf.

———

«Magst du Saunieren?»

«Ich esse grundsätzlich keine Innereien.»

———

Obwohl ich bei Gemüse schreckhaft bin, Zucchini.

«Ich habe noch nie so einen langweiligen Wein getrunken.»

«Das ist ein Boredeaux.»

———

«Spontane Aufläufe werden schon bald nicht mehr möglich sein.»

«Aber geplante Lasagne geht, oder?»

———

Das Wodkaglas fällt runter, aber ich Schnaps.

———

Die Freundin wollte Proteine, da hab ich es mal mit Eifersucht.

———

Blöd, wenn Kannibalen an Bord sind und die den Stewardessen.

«Trinken Freiheitskämpfer eigentlich gerne Kaffee?»

«Nein, Liberté.»

——

«Was gibt es heute zu essen und wann gehen wir spazieren?»

«Gans und gar nicht.»

——

«Wie schmecken die frisch gefangenen Fische?»

«Ausgenommen gut.»

——

Habe die griechische Küche für mich entdeckt und werde immer Feta.

«Wein doch nicht schon beim Frühstück!»

«Bier?»

———

«Geiles Sixpack, Alter!»

«Ja. Trink ich aber allein.»

———

«Der Fisch hat mir nicht geschmeckt.»

«Woran Lachs?»

———

«Heute gibts Braten und Wirsing dazu.»

«Welche Lieder?»

———

Stille Wasser sind ohne Kohlensäure.

Unterschiedliche Vorlieben beim Likör führen oft zu Cointreauversen.

———

«Sind das da Würstchen an deinem Halsschmuck?»

«Ja, das ist eine Nahrungskette.»

———

«Die Süßigkeiten schmecken nach Weltuntergang.»

«Das sind Apokalyptusbonbons.»

———

«Warum schüttest du Cola und Fanta ins Aquarium?»

«Das sind Spezifische.»

«Welche Pizza möchten Sie, Herr Störtebeker?»

«Die mit viel Kapern.»

——

«Womit soll ich deinen Quinoa-Rote-Beete-Burger belegen?»

«Mit einem Fluch.»

GESCHICHTE & GESELLSCHAFT

«Du solltest deiner gesamten Gefolgschaft
die Freiheit schenken.»

«Vasallen?»

«Ja, allen.»

―――

«Bist du sicher, dass wir mit diesem
Eimer nassem Sand Strom erzeugen
können?»

«Ja, das sind 10 Kilo Watt.»

―――

Früher habe ich die Nachrichten
verfolgt, heute verfolgen sie mich.

«Wie heißt nochmal diese Zahnpasta für Superreiche?»

«Dekadent.»

———

«Warum darf ich die BILD-Zeitung nicht mit an Bord nehmen?»

«Weil bei Druckabfall die Masken von der Decke kommen.»

———

Adlige haben wenig Sex, aber heute will der Grafiken.

———

«Und dieses Gerät macht wirklich bei jedem Fehler einen Ton?»

«Ja, das ist ein Vergeigerzähler.»

«Ich stehe voll hinter dir.»

«Nüchtern vor mir wäre mir lieber.»

———

Bereits im Mittelalter kam es vor, dass ein Ritter keinen Bock mehr hatte und die Burgverlies.

———

«Wir müssen sofort handeln!»

«Okay. Ich biete 15 Euro.»

———

«Was ist das für eine Farbe?»

«Weiß nicht.»

«Das sehe ich selber.»

Als weite Umhänge aus der Mode kamen, trugen Ritter ihre knappen.

———

«Darf ich mit meiner Argumentation fortfahren?»

«Ja, möglichst weit weg, bitte.»

———

«Ich brauche Vor- und Zuname.»

«Roy. 4 Kilo.»

———

Warum heißt es farblos und nicht reif für die Pinsel?

Warum heißt es Anzahl der Beleidigungen und nicht Discount?

———

Warum heißt es Escape Room und nicht Rätselhaft?

———

Muss heute eine Phishing-Mail verfassen. Das schaff ich mit Links.

———

«Wieso regst du dich so auf, Legolas?»

«Hab heute Windows Elf installiert.»

———

Warum heißt es dauerhaft geschlossen und nicht zuständig?

Hier auf der Wiese siezen duzende Menschen.

———

«Ich hatte in letzter Zeit sehr viele Tinder Matches.»

Oma: «Und hast du schon mal eins gewonnen?»

———

Ich staune immer wieder, wieviel man an so einem Wochenende nicht erledigen kann.

———

«Wieso findet dieses Mädchen alles eklig?»

«Das ist Igitte.»

«Und dieser Apparat stimmt tatsächlich Menschen milde?»

«Ja, das ist ein Nachsichtgerät.»

———

Warum heißt es in der Wüste verirren und nicht im Sande verlaufen?

———

«Ergreift sie!»

«Wen denn?»

«Die Initiative.»

———

Warum heißt es ins Bett pinkeln und nicht Traumschiff?

Bin dafür, einen Planeten vollständig aufzubrauchen, bevor man zum nächsten fliegt.

Auf einer Skala von 0 bis 1, wie findet ihr das Binärsystem?

Ganz schön langwierig, dieses Aussterben.

Warum heißt es Kneipentour und nicht Expedition ins Bierreich?

Warum heißt es versehentlich stummschalten und nicht vermuten?

«Für die Finanzierung empfehlen wir Monatsraten.»

«Ok. Ich fang an. Juni?»

———

Ein echter Punk wäscht den Ironie.

———

Ich soll weniger polarisieren, aber ich Magnet.

———

«Du solltest nicht immer alles hinterfragen.»

«Warum?»

⧗

KLEIDUNG & MODE

«Ist dieses Jackett aus Blättern?»

«Ja, das ist ein Laubblazer.»

———

«Und dieses Kleid hat wirklich heilende Wirkung?»

«Ja, das ist aus Gesundheitsamt.»

———

«Ich habe mir die Beine wachsen lassen.»

«Waren die vorher kürzer?»

———

Fußkettchen sind nichts für Arme.

Warum heißt es haarfreier Hintern und nicht Pokal?

———

Als er vom Tätowierer kam, Zitate er am ganzen Körper.

———

«Dieses Beinkleid riecht nach gepanschtem Bier.»

«Das sind Radlerhosen.»

———

Offen nützt der Mantel nichts, aber Zuhälter warm.

———

«Wieso ist dieses Kleid beschriftet?»

«Das ist ein Wortgewand.»

«Und dieser BH besteht wirklich nur aus Wasserpflanzen?»

«Ja, das ist ein Algebra.»

——

Mein Onkel läuft nur noch barfuß. Socken ich den gar nicht.

——

«Dein Kleid sieht fürchterlich aus!»

«Das ist mein Nervenkostüm.»

——

«Du erinnerst mich an meinen Lieblingspulli.»

«Weich und kuschelig?»

«Nein, einfach gestrickt.»

[im Supermarkt]

Ich: «Entschuldigung. Wissen Sie, wo es hier Duschgel und Deo gibt?»

Er: «Nee, tut mir leid.»

Ich: «Also, da gehen Sie diesen Gang runter und dann ganz am Ende im Regal auf der linken Seite.»

———

Wollte Socken bei H&M kaufen. Oma strickt dagegen.

LITERATUR & SPRACHE

Arielle hat jetzt einen Freund und ist nicht Meerjungfrau.

——

«Wie heißt nochmal das Theaterstück über Altersarmut von Bertolt Brecht?»

«Dreigroschenopa.»

——

Die Türe.
Der Wind.
Was für ein Zufall.

——

Blöd, wenn sich Zyklopen unter vier Augen unterhalten wollen und nur drei Zeit haben.

Ich bin handwerklich begabt,
weil ich als Kind nicht
Herr der Ringe, sondern
Bauanleitungen von Legolas.

—

Heilbutt ist Englisch und bedeutet
Naziarsch.

—

«Sind diese Substantive
umweltfreundlich?»

«Ja, das sind Ökonomen.»

—

Wieviel Kohle der Messner wohl mit
seinen Büchern Reinhold?

Wir gründen einen Stammtisch für Sprachwissenschaftler und ich Latein.

———

Warum heißt es aufstehen und nicht entsetzen?

———

«Wem sein Grammatikbuch ist das?»

«Du meinst wessen.»

«Wessen sein Grammatikbuch ist das?»

———

«Deine Verse sind viel zu komprimiert.»

«Hab mich wohl verdichtet.»

Der eine Schriftsteller liebt Wärme, der andere Max Frisch.

———

«Warum hast du dich von Rapunzel getrennt?»

«Sie hatte so eine herablassende Art.»

———

«Ich hab eine zündende Idee.»

«Brauchst du was zum Schreiben?»

«Nein. Benzin und Feuerzeug.»

———

Ich interessiere mich für den Akkusativ. Wem kann ich da fragen?

Isolde: «Das Ende unserer Geschichte hört sich ziemlich Tristan.»

——

Tristan: «Ich lache mehr als Isolde.»

——

Böser Wolf: «Damit ich Dich besser sehen kann.»

7 Geißlein: «?!»

Böser Wolf: «Sorry, falsches Fenster.»

——

«Spieglein, Spieglein an der Wand...»

«Du nicht!»

«Wir haben weißen Schimmel im Bad.»

«Ruf den Tautologen an.»

——

«Warum fahren wir heute so nah an den Inseln vorbei, Odysseus?»

«Ich teste die Sirenen.»

Faszienierend, dieses Bindegewebe.

—

«Muss man in der Pathologie viel putzen?»

«Wenn's hochkommt, schon.»

—

Geben sich verliebte Anästhesisten eigentlich Narkosenamen?

—

Warum heißt es leicht vom Weg abkommen und nicht milder Verlauf?

Warum heißt es Dampfbadbesuch und nicht Nackt-und-Nebel-Aktion?

———

Beischlafmangel hört der Spaß auf.

———

«Ich bin Proktologe und habe meinen Ehering verloren.»

«Im Ernst?»

«Nein, im Manfred.»

———

«Warum bist du eigentlich ständig so nervös?»

«Hab Probleme mit der Chilldrüse.»

«Das Blutbild ist sehr gut.»

«Danke. Hab ich selbst gemalt.»

———

Warum heißt es schwindende Libido und nicht rückläufig?

———

Warum heißt es Alkoholsucht und nicht Kipplaster?

———

«Papa, was ist schizophren?»

«Frag deinen Vater.»

———

«Wieso werden auf diesem Bauernhof Medikamente verkauft?»

«Das ist eine Ratiopharm.»

Noch einen Monat länger Quarantäne
und ich habe den perfekten Antikörper.

———

«Warum schreibst du den Namen
des Medikaments falsch?»

«Wegen der Verschreibungspflicht.»

———

Am Ende der Pandemie werden
wir zumindest sagen können,
dass wir nichts unverseucht
gelassen haben.

Tolle Oper. Verdi wohl komponiert hat?

«Ich kann den Namen meiner Lieblingssängerin rülpsen.»

«Echt? Mach mal!»

Björk

Nach der Auswahl des ersten Instruments gehen die Kinder häufig flöten.

Bert hat ein schlechtes Gedächtnis, aber Geburtstage vergisst Ernie.

«Wie heißt nochmal der ABBA Song über diesen französischen Maler?»

«Monet, Monet, Monet.»

——

«Wieso wird in diesem Film ständig auf Gefahren hingewiesen?»

«Der ist von den Warner Brothers.»

——

«Wieso spielen diese Geiger nie in der Stadt?»

«Das sind Landstreicher.»

——

«Was macht eigentlich Thomas Anders?»

«Als wer?»

Auf seiner Indienreise aß Freddie Mercury als jemals zuvor.

——

Wer Angst vor Rost hat, sollte Iron Maiden.

——

Warum heißt es Sternenstaub und nicht Star Dreck?

——

«Wieso haben alle Mitglieder dieser Band so weiße Zähne?»

«Das sind die Bleach Boys.»

——

Inkonsequent, wenn ein Musiker von Innereien abrät und dann selber ein Organist.

Wusstet ihr, dass Madonnas Exmann
Sean Penis?

———

Neo hatte Probleme im Haushalt, aber
jetzt zeigt ihm seine Matrix.

———

«Sind das nicht viel zu viele
Streicher für ein Orchester?»

«Wir haben Probleme mit dem
Geigerzähler.»

———

Falls der Blechbläser die Wespe
sucht, im Hornisse.

———

Über Frisuren kann man streiten, aber
Elvis hatte eine tolle.

«Wer von euch hilft die Sesamstraße zu putzen?»

«Ich Kermit!»

———

«Wieso gibts auf diesem Konzert eigentlich nur beschissene Plätze?»

«Das sind Nick Cave and the Bad Seats.»

———

«Kennste Superman?»

«Clark Kent doch jeder.»

———

Hey Baby, bist du die 80er, weil immer wenn ich anruf, gehst Duran Duran.

Schlussakkord in Paracetamoll.

———

«Warum liegt da ein Stück ranzige Butter im Schaufenster der Tierhandlung?»

«Das ist ein Pet Shop Beuys.»

———

«Smooth Operator mag ich nicht.»

«Das ist aber Sade.»

———

«Wo kommst Du denn auf einmal her, Jane?»

«Fonda.»

Als Bambi das billige Wildfleisch im Supermarkt sah, tat das dem REWE.

———

Weil er keine gestylten Haare mag, findet Bob Geldof.

———

Andere können bei lauter Musik einparken, aber ich Rammstein.

«Jesus, auferstehen! Kaffee ist fertig!»

«Och nö.»

——

Warum heißt es enthaltsame Fledermaus und nicht Zölibat?

——

«Was sind denn das für lustige Schuhe, Herr Minister?»

«Das sind meine Wahlschlappen.»

——

Lüneburger Heide, aber als gottloser Landwirt.

«Kommst du mit in die Kirche?»

«Nein, ich glaube nicht.»

———

«Hätte nicht gedacht, dass es im Himmel so lustige Typen gibt.»

«Das ist der Scherzengel Gabriel.»

———

Krankheitsfall im Paradies. Adam muss evakurieren.

———

Der Liebesgott erhört mich nicht. Vermutlich hat er was Amor.

Und wer von Biden hat jetzt das TV Duell gewonnen?

—

Ich habe Legislaturperiodenschmerzen.

—

Es nervt schon wieder der Maaßen.

—

Warum heißt es Kirchenaustritt und nicht Examen?

—

«Wer?»

«Der bayrische Ministerpräsident.»

«Ach sö, der.»

Der Pfarrer ist geschieden und ich frage mich, wie er mit seiner exkommuniziert.

———

«Darf dieses Pferd wirklich an der Abstimmung teilnehmen?»

«Ja, das ist ein Wahlross.»

———

Bei einer Briefwahl nehme ich immer den Liebesbrief.

LÄNDER & REISEN

Braucht man für ein Darlehen in Transsylvanien eigentlich Siebenbürgen?

«Briten finden dich zum Kotzen.»

«Vomit habe ich das verdient?»

«Was heißt eigentlich verärgerter Deutscher auf Englisch?»

«Sauerkraut.»

«Rate mal, wo sich das größte Paketzentrum Spaniens befindet.»

«In Parcelona?»

«Was weißt du über Flüsse?»

«Rhein gar nichts.»

———

Serviert man in Kanada eigentlich
Québec zum Kaffee?

———

Ich hatte mal eine ostfriesische
Freundin, die ich leidenschaftlich
an der Nordseeküste.

———

Blöd, wenn französische Maurer im
Elsass ums Lothringen.

———

Der Kimono ist mir zu klein, ich glaub,
ich lass das Thailändern.

In Kanada wurde ein Biber verhaftet, obwohl es der Ottawa.

—

Mogadischu ist bayrisch und bedeutet mag er die Schuhe.

—

Nehme direkt den Bus, weil ich die Verspätung der Banane.

—

Wie hieß nochmal der erste Mensch, der den Mond von NASA?

—

Schulden eintreiben im alten Peru, wie machten das die Inkasso?

Habe einen Kumpel in Peru, den ich aus den Andenken.

«Stört es dich, wenn ich allein nach Italien reise?»

«Nein, Genua!»

Seit er einen Manta fährt, investiert er Konstantinopel.

Warum heißt es Pfund Sterling und nicht Britcoin?

«Was sollen die vielen spirituellen Sprüche auf dem Auto?»

«Das ist ein Opel Mantra.»

Wenn du nachts an einen Bahnhof
kommst, Geleise!

——

«Warum schrubbst du die Gleise?»

«Du hast doch gesagt Waschmaschine!»

——

«Wo findest du am meisten Halt im
Leben?»

«An roten Ampeln.»

——

«Du hast vergessen in Las Vegas
vorbeizuschauen!»

«Nevada.»

Kaum ist der griechische Hahn erwacht,
schon Kreta.

———

Warum heißt es Gewitter über der
Schweiz und nicht es rappelt im Kanton?

———

Ich kenne Norditalien sehr gut, da
war ich schon Parma.

SPORT & FREIZEIT

Ich gehe lieber mit Thomas Anders kegeln als mit Dieter Bohlen.

––––

«Hilfe, ich gehe unter!»

Schwimmlehrer: «Halt den Rand!»

––––

«Wie schaffst Du es nur so fit zu bleiben, Lancelot?»

«Ritter Sport.»

––––

«Die nächsten Tage bleiben niederschlagsfrei.»

Boxer: «Gott sei Dank!»

Warum heißt es Schützenverein und nicht Zielgruppe?

———

Ach, der Ironman ist gar kein Bügelwettbewerb?

———

«Die Spieler dieser Mannschaft riechen aber streng.»

«Das ist Juventus Urin.»

———

Warum heißt es Sportschützin und nicht Ballerina?

———

Bin total außer Atem, weil ich sonst Nieren.

Warum heißt es Schlittschuhverleih und nicht Kufladen?

———

«Wieso weint der Mann am Spielfeldrand?»

«Das ist der Bundesträner.»

———

Warum heißt es Fecht-WM und nicht Hieb- und Stichfest?

TIERE & PFLANZEN

«Sind das verschiedene Fische?»

«Nein, die leben noch.»

———

«Kann man mit diesem Gerät wirklich Katzen schleudern?»

«Ja, das ist ein Katerpult.»

———

«Stimmt es, dass dieser englische Vogel immer die Wahrheit sagt?»

«Ja, das ist ein Truthahn.»

———

«Dieser Hund ist ganz schön beweglich.»

«Das ist ein Biegel.»

«Wieso riecht dieser Collie nach exotischen Früchten?»

«Das ist Mango-Lassie.»

«Ich habe noch nie so ein geduldiges Reptil gesehen.»

«Das ist eine Warteschlange.»

«Warum ist der Hirsch so leise?»

«Der Röhrenverstärker ist kaputt.»

Aufstand im Wald geplant, aber das Revolte nicht.

«Weißt du eigentlich, welche Tiere in deinem Schrank leben?»

«Klamotten!»

————

Bei uns im Zoo bilden sich lange Schlangen. Die Anakonda studiert zum Beispiel Germanistik.

————

«Hab mir den König der Löwen irgenwie professioneller vorgestellt.»

«Das ist ja auch der Laien King.»

————

Warum heißt es Löwenanteil und nicht Leopart?

Keine Ahnung von
Evolutionstheorie und jetzt stehe
ich Darwin Idiot.

———

Was Thunfische eigentlich so den ganzen
Tag?

———

«Und ihr habt wirklich einen Vogel bei
euch im Gesangverein?»

«Ja, einen Chormoran.»

———

«Und dieser Dino trinkt wirklich keinen
Kaffee?»

«Nein, das ist ein Thesaurus.»

Seit Kermit Opa geworden ist, zeigt er überall seine Froschenkel.

———

Wenn man ihm die Federn ausreißt, tut's dem VW.

———

«Hab dir eine Blume mit Stacheln mitgebracht.»

«Danke, Distel ich mir in eine Vase.»

———

«Wieso kaufen diese Vögel hier alles leer?»

«Das sind Konsumenten.»

«Hat der Fisch gerade *Never Ending Story* gesungen?»

«Ja, das ist ein Limaal.»

———

«Hab noch nie so eine misstrauische Katze gesehen.»

«Das ist ein Skeptiger.»

———

«Warum haben diese Fische so ausgesprochen gute Zähne?»

«Das sind Kariesprofilachse.»

———

Der Nachbarshund und ich sind seit dem letzten Biskuit.

«Hast du etwa gerade diesen Hirsch geschlagen?»

«Wer nicht röhren will, muss fühlen.»

———

«Redet der Hund immer so viel?»

«Ja, das ist ein Laberador.»

———

Stalltür offen gelassen, jetzt ist der Oxford.

———

«Das Päckchen hat gepiepst!»

«Ja, das ist die Sendung mit der Maus.»

———

Wenn die Collies nicht wollen, Lassie!

Warum heißt es Pinguin und nicht Polente?

——

«Wieso strahlt der Affe so?»

«Das ist ein Uran-Utan.»

——

«Ich hab noch nie so einen vernünftigen Fisch gesehen.»

«Das ist der weise Hai.»

——

«Wer von euch Vögeln hat auf den Todesstern geschissen?»

«Der Star war's!»

WOHNEN & HAUSHALT

«Warum lauern am Waschbecken dieser Küche so viele Gefahren?»

«Das ist ein Abenteuerspülplatz.»

———

Die Größe des Kopfkissens ist egal, Hauptsache es Pastinaken.

———

«Warum tragen diese Hooligans so saubere Kleider?»

«Das sind Ariel Ultras.»

———

«Wieso streitet ihr eigentlich immer beim Kochen?»

«Wir haben einen Konfliktherd.»

«Ich hätte nie gedacht, dass unter so einer dicken Eisschicht noch Nährstoffe zu finden sind.»

«Du meinst in der Antarktis?»

«Nein, in unserem Gefrierfach.»

———

«Warum sind die Vorhänge so fettig?»

«Das sind Ölgardinen.»

———

Mein Balkon ist so grau, ich glaube, ich begründen.

———

«Der Tisch stand doch vorher dort!?»

«Verrückt.»

Warum heißt es Ladegerät suchen und nicht Vokabel?

——

«Warum stehst du immer um 5 Uhr auf und legst dich dann wieder hin?»

«Ich probe den Aufstand.»

——

«Darf zu dir in die Wanne?»

«Nein, ich muss das alleine ausbaden.»

——

Triff mich auf der Enterprise, wie ich das Klo nicht finde und in irgendeinen Raumschiff.

——

Wenn das Heinzelmännchen nicht spurt, dann Haushalt!

Triff mich auf dem Sofa, wie ich dort Super League.

———

«Hast du auch manchmal Angst verrückt zu werden?»

Esstisch: «Ständig!»

———

«Du hast in das Sitzwaschbecken gekackt!»

«Wie Bidet?»

———

«Das Klo ist verstopft.»

«Ohne Scheiß?»

«Leider nicht.»

Warum heißt es heimlich Gras anbauen und nicht ich säe was, was du nicht siehst?

———

«Warum hast du den Boden nicht geputzt?»

«Das stand nicht auf meiner Wischlist.»

ZWISCHENMENSCHLICHES

«Bist du noch bei Trost?»

«Nein, schon bei Verzweiflung.»

——

«Ich habe den Namen meiner Frau angenommen.»

«Wusstest du denn nicht, wie sie heißt?»

——

Meine Gesichtszüge haben heute Verspätung.

——

Ganz schön gerissen, dieser Geduldsfaden.

Bin mittlerweile so zartbesaitet, dass ich
an Ampeln bei Rotwein.

———

«Bereit für die heutige Aufgabe?»

«Ja, ich gebe auf.»

———

Öfter mal einen Flirt während des
Einkaufswagen.

———

Warum heißt es Partnerbörse und
nicht Schatzsuche?

———

Positiv in den Tag starren.

«Das dürfen wir auf keinen Fall
zulassen!»

«Dann mach's halt auf.»

———

«Du solltest deinen Gefühlen Ausdruck
verleihen.»

«Ich verleihe grundsätzlich nichts.»

———

Warum heißt es One-Night-Stand
und nicht ficks und fertig?

———

«Warum schiebst Du immer alles
vor Dir her?»

«Kann ich Dir das morgen sagen?»

Bei guter Pflege halten hochwertige Probleme ein Leben lang.

—

Ich besinne mich heute hemmungslos.

—

Alle wollen mich loswerden, aber ich Genie.

—

So früh morgens zweifle ich immer am Uhrzeigersinn.

—

Meine Tante bekommt ständig Kinder und ich werd immer Vetter.

Der Geist ist unwillig, aber das Fleisch ist wach.

—

Mein Onkel hinterlässt eine Konservenfabrik und ich Erbse.

—

Ich habe einen Fußfetisch, seit ich damals im Auenland ein Elfenbeinküste.

—

«Niemand fragt wie es mir geht.»

«Wie geht's Dir?»

«Ach, frag nicht.»

«Ich bin so froh, dass Du Deine Unsicherheit überwunden hast.»

«Ich vielleicht auch.»

———

«Dafür benötigen wir einen Ausdruck.»

«Reicht im Gesicht oder soll ich was tanzen?»

Herzlichen Dank an alle, die mich mit ihrem Lachen und positiven Feedback dazu ermutigt haben, dieses Buch zu schreiben.

Ein besonderes Dankeschön an Dirk, Andi, Angie, Hannah und Daniela für die Hilfe und wertvollen Tipps zu Inhalt und Gestaltung.